Poesia Original

CB136002

ACONTECE NO CORPO

Acontece no corpo

DANIELA ATHUIL

Poemas

1ª edição, São Paulo, 2021

LARANJA ● ORIGINAL

AGRADECIMENTOS

Aos escritores do Coletivo Visceralistas, pelo início de tudo. Ao poeta Marcelo Ariel, por todas as clareiras abertas e pela generosa leitura do livro. Ao Paulo, pela parceria e pelo amor compartilhado.

À Dora e ao Bassul, meus pais, e aos meus filhos Bruno, Felipe e Carol.

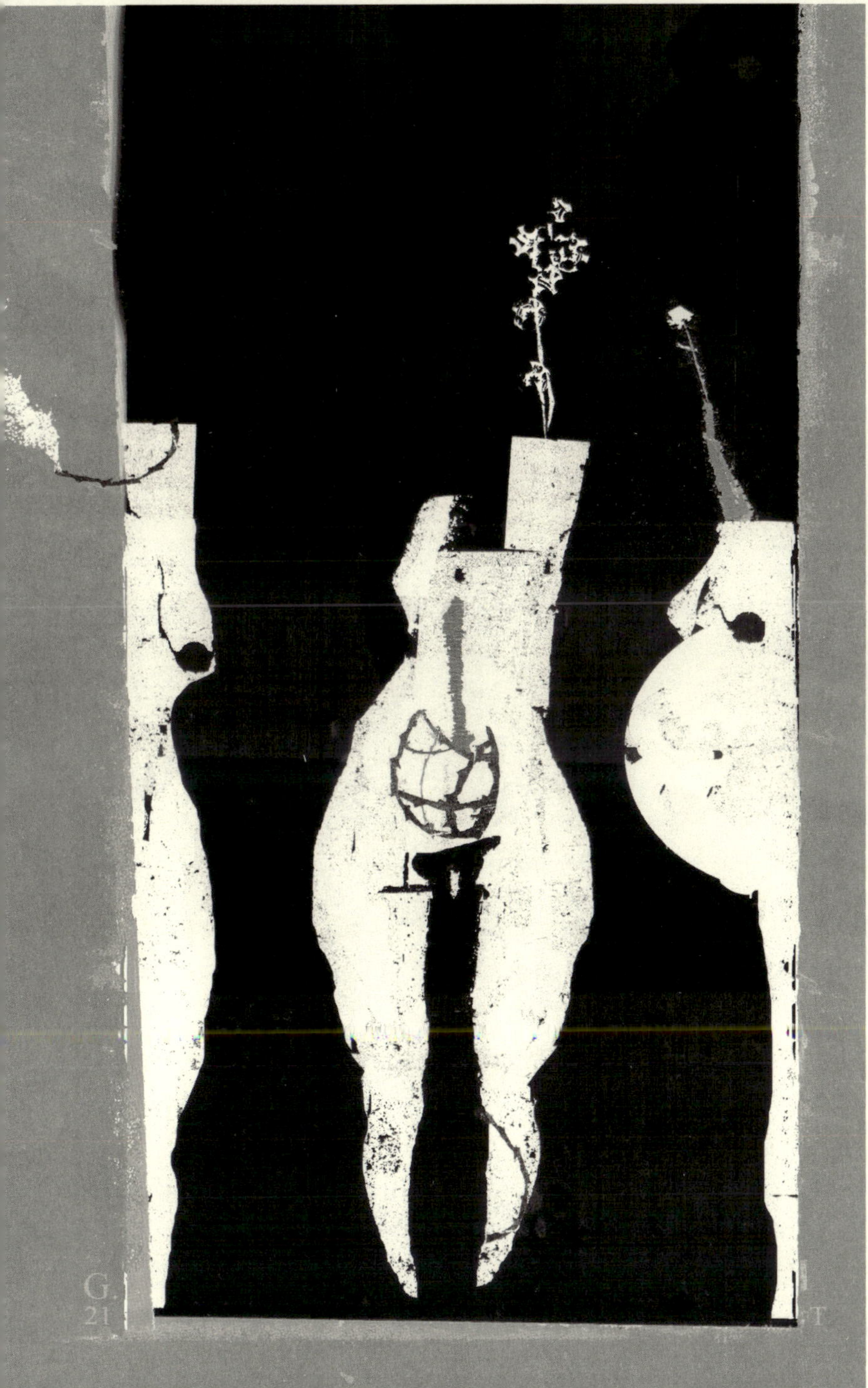

LÍNGUA

A língua é ma/terna
e a primeira palavra
é sempre um grito de dependência

ou morte

DAR À LUZ

Pode-se passar a vida toda à espera de uma palavra
Como quem aguarda a chegada de uma garrafa lançada ao mar
Contando conchas e areia
Tempo de tecer o desejo
Depois
Contrair, dilatar
Metaforizar

Pode-se nascer a qualquer momento

/

A palavra, mensagem cifrada
Nunca se desvenda por completo
Pode estar num equívoco
Num tropeço
Camuflada num mal-entendido
Dentro de um rio de duplos sentidos
Na voz de uma criança
Entalada na garganta de uma flor
Mas só com ela se nasce sujeito

METABOLIR

Levo horas, às vezes dias para me recuperar
De um poema parido
Repor a palavra proteica
A letra consumida
Até a absorção completa
Das frases

Estabilizar
Os versos
E os batimentos
Poéticos

Assim me acontece
A escrita

ALUCINAÇÃO

Olhei a fogueira
vi o começo da vida
parida de um vulcão
fulgurosa
vicejante
o calor relembra o ninho
que acalma o bebê
depois se transforma no abraço
que descansa o corpo

O fogo é um movimento
Íntimo

PERDER-SE

I

Um raio explode verde e vermelho
E nas aguerridas curvas do seu corpo
Se desfaz entre gritos, suor e beijos

Enquanto bebe do meu seio
Te amarro com as pernas
te gravo em meus olhos
te arranho com desejo

No descanso te digo,
como sou feliz contigo
Perdoa esse meu jeito

II

Viver duas vezes
Ao mesmo tempo
Repetir a sensação
Do começo
Sem medo do risco

Por do sol em Paúba,
Embriagados na areia
Tanto mar pra se encantar

Deixa o vento levar
o que já foi desfeito

III

Comemorar
o dia em que
o amor
será
tombado
Patrimônio
Imaterial
de todo
ser vivo
Livre
de teorias

Comemorar
o dia em que
Ele será

ÀS QUE ATRAVESSAM DESERTOS E PÂNTANOS

Para ler ouvindo a canção "Ela desatinou" de Chico Buarque

Acordou sozinha depois de 20 anos. Sentia-se tão remendada que quase não se reconheceu. Indefesa, inútil. Lembrou-se da morte dele, do dia em que se despediram para sempre.

Solidão e desamparo.
Não há combinação mais devastadora.

Procurou um espelho pela casa. Enxergou estilhaços de um bombardeio interno, pedaços de si agrupados sem lógica. Tudo nela se perdeu num instante. Rendeu-se ao efeito hipnótico do espelho, à ilusão de serem dois dançando como um. Brincou. Mexeu um braço, depois o outro, piscou, ele correspondeu. Bobo reflexo.

A solidão ludibriada
voltou a estrangular.

Pôs-se a conversar como louca, já que a realidade desarvora. Agora nada mais lhe servia porque simplesmente não cabia em nenhuma definição. Calça, blusa. Preferiu um vestido, lhe deixaria mais livre.

Descalça invadiu
o lado de fora da vida.

Na rua vazia de humanidade encontrou pessoas, zumbis alcoolizados vertendo alegria. Cores para todo lado, lembrou que era Carnaval. Sorriu. Enfim poderia viver sua melhor fantasia: enlouqueceria cantando e dançando até sumir na multidão.

A vida que um dia foi poesia
agora era desatino, desmemória.

Dobrou a esquina, a música tinha acabado, assim como o dia, a semana. A fantasia rasgada, jogada às traças na avenida, o corpo desmontado na calçada. Alguém ajudaria.
Alguém?

Uma tempestade de dor arrebentava feito bala perdida. Fez uma oração a Dionísio, abriu o guarda-chuva. O Carnaval se foi.

Ela não sabia, mas não seria dessa vez
que morreria de realidade.

FOGO LENTO

I

Um sabiá no portão
Convida
Respira, escuta
O barulho aqui
Faz silêncio

Então entra devagar
Se for pra ficar, sossega
Deixa a pressa
Com o vento

E se mordo impaciente
A fruta do jardim
Já conheço o fim
Um segundo de prazer
E de repente nada mais fica em mim

Aqui se tem a sorte
Do pé descalço encontrar a terra
Do tempo não marcar hora
Do agora durar infinito

II

Animais em festa
Me guiam pelo rio
Vem!

Me agito, me molho, me rendo
Então volta devagar, aquieta
Porque a paz se cozinha em fogo lento

III

Na varanda me esqueço
De leve, o sol se avizinha
Então devagar ele (d)escreve
Na minha pele um poema

E à noite quando encontro o céu
Meu olho se dilata
De enxergar tanta beleza
Não tem dono, nem cerca, é de graça

Se acordar e ainda for cedo
Sai devagar desse ninho
Toma café, pega a viola, lê um livro
Qualquer coisa feita de amor

Se no final me perder no caminho
Deixa como está, por favor
Se é hora de partir, fala com cuidado
Porque ir embora
É voltar pra minha dor

DEVOLUÇÃO

Se quiser viver em mim
rasgue, ateie fogo, transborde
e que de fora eu me veja por dentro
translúcida, profética, Maiúscula

Quando precisar de água
Iemanjá, interceda
me devolva a tempo aquilo que é *a/mar*
e a força do que não tem fim

Se for demasiado real, raso, rasteiro
te advirto:
não terás em mim
nenhuma permanência

E se grito o avesso do que digo
é porque não troco
a dor, o espanto, a palavra livre
por nenhuma coerência

ESTAMOS TODOS MORTOS

Morrer de repente,
crime
acidente
sobreviver à tragédia
não é muito diferente

Morrer sem morrer,
susto que nunca termina,
não saber se é vida ou morte
o que me espera na esquina

Vida que segue presa a um fio
Mundo devastado
Sem ar, sufocado
Nada é poupado

Não se sonha tranquilo
nem mesmo no abrigo.
O ronco da terra, a mão estendida
o calor estridente da bala perdida

Velamos o insólito das almas
afogadas pela lama irrompida

Quantas mortes suporta uma vida?
Não me peça para esquecer
a dor de quem fica

Obsceno é o gozo
Da violência explícita
Faz do corpo objeto
Banquete perverso

O céu aos pedaços
Todos sangrando
(É assim que vamos morrer?)
Meu choro é denúncia
A morte do outro é a minha

COMO USAR A PALAVRA EM CASO DE AFOGAMENTO

Tomar a palavra

Várias vezes ao dia

Antes de inundar

Deixar a cabeça de fora

Como uma ilha

Para descansar

As partes afogadas

SÓ PARA MENORES

I

Até que de tanto olhar
A saudade se vá
E da janela venha
Uma ideia para se brincar

Se a própria esperança,
de esperar cansa
Então brinca, inventa, dança

Imagina

Guardanapo vira roupa
No quintal da criança

II

Procura-se uma novidade
Para dias quase iguais

Pode ser uma formiga na janela
Ou uma festa para meu vestido

III

Comprei um relógio novo
Para escolher as horas

Meia noite pode ser agora?

(Poema falado por Carolina)

IV

É proibido morrer!
Decretou o pequeno poeta, com sua espada/palavra em punho.
Depois levou o polegar à boca, deitou e dormiu.

(Poema brincado por Felipe)

CÂMERA LENTA

De olhos fechados
E o rosto escondido
Refaço os desenhos
De um mundo já ido

Distraio o cansaço
Disfarço o perigo
E o medo da morte
Continua comigo

Acordo no inverno
O mundo em quadrinhos
Esqueço que vivo
Com medo do vírus

ITATIAIA

Janela é memória
É espera de alguém

Feito coisa rara
Faz durar o que já não se tem

Há uma saudade
Que só a janela traz

De ver a cortina balançar
Quando ela deixa o vento entrar

O rosto apoiado na mão
Passarinho a cantar

Janela é memória
É espera de alguém

Poema que se escreve
Enquanto o futuro não vem

SEGREDO

Desligar o despertador
até esquecer as horas

Deixar as janelas abertas
até sentir a presença do mundo

Olhar o céu a qualquer hora
até descobrir o segredo do tempo

2020

I

Os livros, aglomerados na estante, não se desgrudam.
A palavras deram de se beijar desavergonhadamente,
como se nada temessem.
Nem mesmo as traças.

II

De repente,
casa é uma nova palavra,
onde tudo (e nada) acontece.

III

Da distância faço ponte
Da janela, horizonte
Do tempo faço o mapa
Do corpo, uma estrada

Do silêncio, melodia
Da solidão, companhia
Da dor descubro a cura
Da voz, poesia

Do beijo,

Do abraço,
Da casa,
Proteção
Do medo, sensatez
Respira
Espera
Aquieta
Até que o mundo
Abra as portas
outra vez

AUTÊNTICA

O que são esses elementos
não humanos,
feitos de sonho,
fogo, terra e água?

Bruxas voadoras de assustadora beleza
Faróis iluminando nossa visão de mundo reduzida
Serpentes devorando nossa falsa eternidade
Brutos seres de pele rugosa, evocando nossos medos ancestrais
Rios mortos e asfaltados pelo tecido de nossa arrogante inteligência
Sete cores vivas, sussurrando verdades sobre suas ainda-florestas

Éramos nós?

NASCI(MO)MENTO

O exato

Momento

Naquele dia
Naquele mês
Naquele ano

A um só tempo

Atravessar a placenta
De cabeça
Encarar a saída
E a entrada

Ao mesmo tempo

Aprender
A respirar
A andar
A falar

Com o tempo

Não podendo
Duvidar
Desistir
Nem voltar

No tempo

A cada ano
Aniversariar
Comemorar
Apagar as velas

Do tempo

NO INSTANTE INSTÁVEL

Conheço o terror
que também é o amor
Talvez seja
quando por dentro
o sossego se agita,
e mudo, transborda num grito

Por amor também
enraiveço, padeço e esqueço
primitiva
o amor, por defeito,
lancina e queima rente ao coração
Que agora, imenso,
chora e pede perdão

ANO NOVO

Deitar a existência
No amarelo profundo
Embalar um a um
Os sonhos
Recolher os pedaços
Do passado
Descansar
No vai e vem do futuro
E só então
Ao entardecer
Dormir na rede
O sono do mundo

DE FILHA PARA MÃE PARA FILHA

Reciclar o mundo olhando tudo
de novo agora sem pressa
no desejo de ver a sustentável beleza

Da vida

RECEITA

Sombra
Luz
Frente
Verso
Figura
Fundo
Nascer
Morrer
Junta tudo:
Um eclipse

A ESCRITA VEM DEPOIS

Guardar a palavra
Esperar na calçada
O verde se abrir
Verbo maduro
No jardim do tempo

LEMBRAR QUE

Mesmo
Triste
Distante
Sozinho

A árvore
O sol
O horizonte
Continuam sendo

PARA SANDRA

Impossível não olhar
como se fosse a primeira vez
que eu via um olho azul

lindo anel, quer um café?
o dela sem açúcar
o meu, adoçante

perdi a conta
de quantas conversas
risadas
broncas
abraços
constantes

noite sem sono
a saudade afronta
então eu escrevo

pelos 20 anos
de incontáveis encontros
de medos acolhidos

um a um devolvidos
em forma de saber e amizade
da melhor qualidade

A água quente sempre lembra um café

SALVAR O SONHO

I

Estou dormindo
Mas deixei por escrito
Instruções na cabeceira
Para salvar o sonho:

Antes de me acordar
Lembre-se,
É tarefa delicada
Editar fantasias
Curar medos e feridas
Abrir a casa
Das verdades não ditas

Antes de abrir as janelas
E inundar a retina
Saiba que toda
Poesia (*onírica*)
Foi feita para ser lida
No escuro
Com a luz emprestada
De um vagalume

Antes de me chamar
Peço que confira:
Meu nome
Telefone

As horas
O dia
Nem sempre é possível
Acordar a mesma

II

Entre o dormir e o acordar
(E só nesse momento)
É possível...
...
E depois não ter que explicar nada

CANÇÃO PARA BRUNO

O filho cresce
O colo, recusa
Do abraço, reclama
O beijo, não usa

Cheiro de infância
Osso trincado
Dor de garganta
Joelho marcado

Dorme criança
Sonho agitado
Quinze anos depois
Acorda criado

Vira de lado
Ainda se lembra
Do beijo, do colo
Do abraço apertado

POR ONDE ENTRA A CLARIDADE

Toda fenda é entrada
Acidental
Ou não

Na frente, lateral,
traseira
Na saia, no vestido
Por extensão

Toda fenda é espaço
Por esforço ou fraqueza
Não tenho certeza

Horizontal, vertical
Por onde navego
Ou despenco

Toda fenda
É milagre
Ou danação

AVISO

Chover em silêncio
não apaga incêndio
É preciso expelir
A ira dos trovões
Para que você se levante
e feche as janelas

FOME URBANA

Cada prédio
Cospe no chão
O pão que comeu
Que o diabo amassou
Que o cachorro cheirou
Que matou a fome de alguém

É que a fome anda
Na corda bamba
E se o que não mata engorda
Me jogo na caçamba
E como tudo
Que o lixo me deu

QUARENTA E SETE

Nasci às seis da manhã
Verão carioca
Toda a rua calma
O silêncio uterino
Como o de um rio agitado
Embaixo do asfalto
Que ninguém ouve
Só o rio

Esse silêncio
Caudaloso
Me atinge agora
Como uma teia luminosa
Que ninguém vê
Por um instante
Posso ser eu de novo
A repetir o grito de uma nascente

E comemorar
A esperança de voltar
A ser rio
Ou mar
Livre do asfalto
Esse corpo d'agua
Que toda cidade
Faz aterrar

E na dúvida

Se é feliz ou triste
Essa miragem
Convém salvar
Na retina
Antes que acabe
Esse delicado momento
De intimidade com a luz

ÍNDICE DE POEMAS

TÍTULOS DESTA COLEÇÃO

Quadripartida
PATRÍCIA PINHEIRO

couraça
DIRCEU VILLA

Casca fina Casca grossa
LILIAN ESCOREL

Cartografia do abismo
RONALDO CAGIANO

Tangente do cobre
ALEXANDRE PILATI

Na carcaça da cigarra
TATIANA ESKENAZI

© 2021 Daniela Athuil
Todos os direitos desta edição reservados à Laranja Original

www.laranjaoriginal.com.br

Edição Filipe Moreau
Projeto gráfico Marcelo Girard
Produção executiva Bruna Lima
Ilustração Marcos Garuti
Diagramação IMG3

Dados Internacionais de Catalogação na Publicação (CIP)
(Câmara Brasileira do Livro, SP, Brasil)

Athuil, Daniela
Acontece no corpo / Daniela Athuil. – 1. ed. –
São Paulo : Laranja Original, 2021.

ISBN 978-65-86042-18-4

1. Poesia brasileira I. Título.

21-70344 CDD-B869.1

Índices para catálogo sistemático:
1. Poesia : Literatura brasileira B869.1

Cibele Maria Dias - Bibliotecária - CRB-8/9427

Laranja Original Editora e Produtora Eireli
Rua Capote Valente, 1198
05409-003 São Paulo SP
Tel. 11 3062-3040
contato@laranjaoriginal.com.br

Papel Pólen Bold 90g/m² / *Impressão* Forma Certa / *Tiragem* 200 exemplares / Agosto 2021